P9-BIR-205

Palabras que debemos aprender antes de leer

cereal

durmiendo

leche

tazón

viene

www.rourkeeducationalmedia.com

Edición: Luana K. Mitten
Ilustración: Anita DuFalla
Composición y dirección de arte: Renee Brady
Traducción: Danay Rodríguez
Adaptación, edición y producción de la versión en español de Cambridge BrickHouse, Inc.

Library of Congress Cataloging-in-Publication Data

Greve, Meg
  ¡Demasiado ruido! / Meg Greve.
     p. cm. -- (Little Birdie Books)
ISBN 978-1-61810-512-7 (soft cover - Spanish)
ISBN 978-1-63430-335-4 (hard cover - Spanish)
Library of Congress Control Number: 2015944587

*Scan for Related Titles
and Teacher Resources*

Rourke Educational Media
Printed in the United States of America,
North Mankato, Minnesota

Also Available as:

Educational Media

rourkeeducationalmedia.com

customerservice@rourkeeducationalmedia.com • PO Box 643328 Vero Beach, Florida 32964

¡Demasiado ruido!

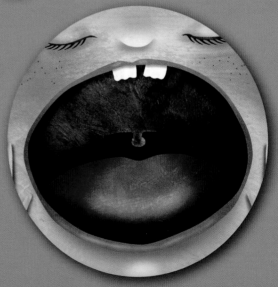

Meg Greve

ilustratdo por Anita DuFalla

Mami está durmiendo. ¡Chisss!

Camina de puntillas.

Agarra el tazón.

¡CATAPÚM!

Toma la leche.

14

Agarra la cuchara.

16

Aquí viene ella.

¡Mmm, qué rico!

Actividades después de la lectura

El cuento y tú...

¿Se puso la mamá contenta cuando los niños le prepararon el desayuno?

¿Alguna vez le has preparado el desayuno a alguien?

¿Qué puedes preparar de desayuno?

Palabras que aprendiste...

Escribe las siguientes palabras en una hoja de papel. Luego, escribe una palabra que rime con cada una de estas palabras.

cereal

durmiendo

leche

tazón

viene

Podrías... prepararle el desayuno a alguien.

- Decide a quién te gustaría prepararle el desayuno.

- ¿Qué vas a hacer para el desayuno?

- Haz una lista de todo lo que vas a necesitar para preparar el desayuno.

- Decide cuándo y dónde vas a hacer el desayuno.

Acerca de la autora

Meg Greve vive en Chicago con su esposo, su hija y su hijo. A sus hijos les gusta llevarle el desayuno a la cama el Día de las Madres. Siempre hacen muchísimo ruido!

Meet The Author!
www.meetREMauthors.com

Acerca de la ilustradora

Aclamada por su versatilidad de estilo, el trabajo de Anita DuFalla ha aparecido en muchos libros educativos, artículos de prensa y anuncios comerciales, así como en numerosos afiches, portadas de libros y revistas e incluso en envolturas de regalo. La pasión de Anita por los diseños es evidente tanto en sus ilustraciones como en su colección de 400 medias estampadas.

Anita vive con su hijo Lucas en el barrio de Friendship en Pittsburgh, Pennsylvania.